KB245287

악어에게 물린 날

푸른도서관 47

악어에게 물린 날

초판 1쇄 / 2011년 6월 10일
초판 10쇄 / 2022년 5월 20일

지은이 / 이장근
펴낸이 / 신형건
펴낸곳 / (주)푸른책들
등록 / 제321-2008-00155호
주소 / 서울특별시 서초구 양재천로7길 16 푸르니빌딩 (우)06754
전화 / 02-581-0334~5 팩스 / 02-582-0648
이메일 / prooni@prooni.com 홈페이지 / www.prooni.com
인스타그램 / @proonibook 블로그 / blog.naver.com/proonibook

글 ⓒ 이장근, 2011

ISBN 978-89-5798-276-1 03810

악어에게 물린 날

이장근 청소년시집

푸른책들

차례

1부 안녕, 오늘!

2부 코끼리를 삼킨 보아뱀

3부 악어에게 물린 날

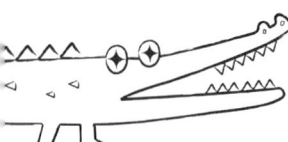

4부 너는 내 운명

안녕, 오늘!

줄넘기

마음이 울적할 땐
줄넘기를 해요
훌쩍훌쩍 울지 않고
폴짝폴짝 뛰어요

친구와 다툰 일도
풀리지 않는 수학 문제도
엄마에게 혼난 일도
발목에 걸린 줄과 같은 일

다시 줄을 돌려
폴짝폴짝 뛰어요
심장이 쿵쾅쿵쾅 뛸 때까지
숨이 꼴딱꼴딱 넘어갈 때까지

발목에 걸린 일들을
넘어요, 넘어 버려요

봄

교문 옆에 있는 목련나무
며칠 전에는
주먹 꽉 쥐고 있던 봉오리였는데
오늘은 손바닥만 한 꽃이 폈다
겨울이랑 화해를 했나 보다
둘 사이에서 기회를
보던
봄이
슬쩍 끼어들었다

봄은
본다는 걸까

너를 보고 있으면
얼어 있던 내 마음이 녹으며 찰랑찰랑 물소리가 들리고
꽃처럼 피식피식 웃음이 나오고
칠판에도 교과서에도 눈 감으면 눈꺼풀에도

네가 보이고

하하하, 그래서 봄일까

턱걸이

만날 인상을 쓰고 있다고요?
맞아요
턱은 하늘을 향해 십오 도쯤 들려 있고
눈은 아래로 내리깔고
이를 꽉 깨물고 있으니까요
그런데 그거 알아요?
턱걸이를 할 때도 같은 표정이라는 거
난 지금 한계에 도전하는 중이라고요
한 번만 더, 한 번만 더
안간힘을 쓰고 있다고요
재미없는 학교 빠지지 않고
꼬박꼬박 나오는 거
내겐 턱걸이 하는 일
고개 푹 숙이고 다니는 것보다는 낫잖아요
어디다 턱을 걸어 본 적 있어요?
그럼, 알겠네요
이게 내 마지막 자존심이라는 거

연어

물이 빠르게 내려오는
바위 위로
연어가 점프를 하고 있다
알을 낳으러 가는 거다
나도 지금
알을 낳으러 가는 중이다
부모님과 선생님의 말을

거슬러 거슬러

나는 누구인가의 알
왜 살아야 하는가의 알
무엇을 해야 하는가의 알
어떻게 살아야 하는가의 알

그림자에게

너는 내 마음 같구나

시무룩하게 기어가는
그림자에게 털어놓는다

잔소리 들은 날은
어깨가 두 배로 무겁다고

막다른 골목
벽 앞에서
뒤돌아서려다 문득
한 발 다가서니
어! 그림자가 일어나 앉았다
한 발 더 다가서니
와! 그림자가

우뚝 섰다

너는 진짜 내 마음이구나

자꾸

자꾸 얼굴이 떠오른다
책갈피처럼
책을 펼치면 같은 페이지만 나온다
페이지를 넘겨도
네 얼굴은 넘어가지 않는다

밑줄이 쳐진 걸까
별표가 그려진 걸까
자꾸 네가 한 말이 생각난다

넌 좋은 친구라고

내가 좋다는 건지
그냥 친구라는 건지

자꾸 헷갈린다
자꾸 설레인다
자꾸 생각난다

잃어버린 부호

언제부터인가
내 노트에서
느낌표가 사라졌다
초등학생 때에는
내가 좋아하는 부분에
야구 방망이 닮은 느낌표
홈런 치듯 딱딱 찍어 놓았는데
요즘 내 노트에는
별표만 가득하다
뭐가 그렇게 중요한 건지
내 노트에는
중요하지만 느끼지 못하는
일들로 가득하다

투명 인간

노는 애들과
공부 잘하는 애들 사이
내가 있습니다
그렇다고 왕따는 아닙니다
가정 형편이 어려운 것도 아니고
튀는 이름도 아닙니다
아침 8시 30분에 등교해서
6교시 수업을 꼬박 듣고
숙제도 열심히 해 오지만
그런 애가 있었나?
옆 반에 가서 수업을 들어도
눈치 채지 못할
나는 그저 그렇고 그런 애
오늘은 졸업 사진 찍는 날
사진기마저 초점을 잡지 못하면 어쩌죠?
세영중학교
3학년 7반 11번

카메라 렌즈로부터 3미터
나 여기 있어요, 여기!

나만의 답답증 해소법

마음이 답답할 때는
무작정 버스를 타요

버스에 타고 내리는 낯선 사람들
창밖에 스치는 낯선 거리들
차창에 비친 낯선 내가
나에게 물어요

넌 누구니?

버스가 종점에 도착하면 내려서
무작정 걸어요

낯선 거리 낯선 건물 낯선 사람
낯선 생각
내가 나에게 낯설어져서
집에 돌아오면

익숙했던 일들이 모두 새로워져요

새롭게 시작해요

착시

어! 버스가
뒤로 밀린다

손잡이를 꽉 잡았다
착시였다
버스는 멈춰 있고
옆 차가 가고 있었다

이럴 땐
보고 있는 게 손해다

쉬는 시간
의자에서 일어나는데
짝이 영어 단어
외우는 걸 봤을 때
느꼈던 기분도
착시일 뿐이었다

내 속도로 가야 한다
나를 운전하는 건 나니까

각인

오리는 알에서 깨어나
맨 처음 본 걸
어미인 줄 알고
따라다닌다고 한다

바보 같다
아니
나 같다

너를 처음 본 순간부터
너만 따라다니는 내 마음
난 오리도 아닌데
태어난 지 15년이나 지났는데

나
다시 태어난 걸까?

누에와 나

누에는 고치 문을 닫고 들어가서
나방이 되어 나온다
잠도 안 자고
나방 될 공부만 했나 보다

나도 방문을 닫고 들어와서
우등생이 되어 나가고 싶은데
잠만 온다
나가고만 싶다

그러나 춤 연습을 할 때는
잠도 안 오고 나가기도 싫다
몸이 뜨거워지면서
꿈틀꿈틀 내가 변하는 느낌이다

야마카시

나에게 담은 놀잇감이지
손 짚어 훌쩍 넘어갈 때의 짜릿함이란
새가 된 기분이지
교문으로 다니는 건 싱거워
담이 활짝 열려 있거든
그냥 넘어가는 건 재미없지
회전을 하며 넘어야지
넘을 수 없는 담을 벽이라 하지만
나에겐 벽도 놀잇감이지
벽을 향해 전속력으로 달리다가
발로 벽을 딛고 뒤로 공중회전을 하는
벽주가리 기술
그렇게 나를 쫓아오는 것들을
따돌리는 거지
어떤 사람들은 내게
도둑놈이 될 거냐고 비웃지만
벽과 친구 먹은 후

나는 자신감이 생겼지
집도 학교도 사회도
더 이상 나를 가둘 수 없지
난 나로부터 자유로워졌으니까

조화도 좋아

내 책상 위에 놓인 조화
향기도 없고
늘 똑같은 모습이지만

조화도 좋아

꽃을 생각하게 되거든
봄을 기다리게 되거든

생각할 때마다
꽃향기 가득해지고

기다릴 때마다
마음속에 봄이 찾아오고

비록 지금은
조화처럼 책상에 앉아

공부를 하고 있지만

나도 좋아

난 꿈 많은 소녀거든

스프링 노트

통통 튀는 스프링이
노트에 달려 있으니
스프링답지 않다

통통 튀는 우리도
교과서만 붙잡고 있으니
학생답지 않다

스프링은
봄이라는 뜻도 있지
지금 내 나이는
통통 튀는 봄날

여기저기 다니고 싶다
이것저것 해 보고 싶다

내 인생의 스프링 노트를
꽃밭으로 채우고 싶다

초음파 사진

내 앨범 맨 첫 장은
엄마 뱃속에 있을 때 찍은
초음파 사진이다
콩알만 한 하얀 점
내 시작은 점 하나였다
고 작은 점이 이렇게 컸다니
신기하다
비록 지금은
단점이 더 많지만
난 내 단점도 좋아한다
단점도 점인데
키우기 나름일 거다
잘 키우면
장점의 시작이 될 거다

안녕, 오늘!

소현이는
예전에 전교 십 등 안에 들었고
몸매도 날씬해서
남자 애들이 졸졸 따라다녔다며
지나간 과거 이야기만 하고

수희는
대학 가면 밴드도 하고
미팅도 하고
외국으로 배낭여행도 갈 거라며
오지도 않은 미래 이야기만 한다

나는
자랑할 건 없지만
언제나 행복한 4차원 소녀
아침에 잠에서 깰 때 나에게 주문을 건다
눈 감은 채 심호흡을 크게 한 후

안녕, 오늘!

돌 같은 말

밥 속에 작은 돌이 씹혔다
그냥 삼키기는 싫고
통째로 뱉기도 싫고
천천히 씹으며 돌을 찾는다
혀와 술래잡기를 하는 돌
몇 번을 씹었을까
밥이 죽처럼 되었을 때
찾을 수 있었다
손가락으로 돌을 빼내자
스르륵 넘어가는 밥
대충 씹고 삼키던 식사 습관을
돌 하나가 가르친다
그래 이런 돌 하나였다
어제 너에게 들은 말
"너 요즘 왜 그러냐?"
짜증 섞인 돌 같은 말
정말 나 요즘 왜 이럴까?
곱씹고 곱씹는다

2부

코끼리를
삼킨 보아뱀

무단결석 3일째

무단결석 3일째
선생님께서 가정 방문 오셨다
대접할 게 없어 커피를 타 드렸다
아파서 누워 있는 아빠처럼
설탕을 듬뿍 넣어 달라는 선생님
아빠와 무슨 얘기를 나누시는 걸까
고등학교 진학 문제일까
난 인문계 가기 싫은데
공고 졸업해서 빨리 돈 벌고 싶은데
선생님 가시고 설거지하려는데
뭔가 좀 이상하다
설탕 통이 있어야 할 자리에
소금 통이 있다
소금프림커피 마신 선생님
가실 때 잘 마셨다며
등을 두드려 주셨는데
마음이 짜다

껌

지각해서 벌 청소로
껌을 뗀다
껌 떼는 칼에
힘이 적게 들어가는 놈은
뱉은 지 얼마 안 되는 껌
아직도 약간 말랑하다
손이 아프도록 힘을 주어도
꿈쩍 않는 놈은
오래된 껌
돌처럼 딱딱하다
몇 달 전
엄마 아빠가 이혼해서
엄마와 살고 있는
나도 껌이다
엄마 아빠의 아픈 말들이
나를 밟고 지나갔다
점점 납작해지는 나

그러나 아빠의 전화를 받은 날은

그만 물컹해지는

아직까지는

말랑말랑한 껌이다

거울아, 거울아

창문 맞은편 벽에
거울을 걸어 놓으면
방범 효과가 있다고 한다
창문을 넘으려던 도둑이
거울에 비친 자신의 모습을 보고
돌아선다고 한다
세상에서 제일 무서운 게
바로 자기 자신이다
"거울아, 거울아
세상에서 제일 예쁜 사람은 누구?"
라는 질문에 대한 답은
당연히 '마녀'여야 했다
눈치 없는 거울 때문에
마녀는 죄 없는 공주를 미워했다
그러니까 엄마 거울!
세상에서 제일 자랑스러운 사람은
누구?

럭비공

뺨을 양쪽으로 쭉 늘인 것 같은
심술이 덕지덕지 붙은 것 같은
어디로 튈지 몰라 주위를 긴장하게 만드는
로켓처럼 열 받으면 지구 밖으로 튕겨 나갈 것 같은
럭비공이 한 달 만에 교문에 골인했다
아버지의 롱킥으로도 넣을 수 없었던
친구들의 세트 플레이도 통하지 않던
럭비공을 잡고 온 손은 쭈글쭈글했다
초등학교 때까지 시골에서 키워 주신 할머니
럭비공을 품에 꼭 안고 오셨다

엄마는 알까

창문에 김이 서렸다
안과 밖의
온도가 다르기 때문이다

밖이 보이지 않는다
밖에서도
안이 보이지 않을 거다
답답하다

생각과 행동이 다른
나를 보며
답답하다고 가슴을 치던
엄마 생각이 난다

엄마와 나 사이에
김이 서린 거다
나도 엄마만큼 답답하다는 걸
엄마는 알까

띄어쓰기 오류

아버지가 방에 들어가셨다
성적표를 보시더니
시무룩해진 얼굴로
말없이 들어가셨다
휴~ 살았구나 싶었다

학교에 와서 가방을 연다
편지 봉투가 들어 있다
힘들어도 조금만 참으라는 내용과
용돈 3만원
아버지가 받은 일당의 절반이다

아버지가 다시 보인다
아버지 가방에 들어가셨다

그 아이

학원 끝나고 집에 올 때
술 취한 아저씨가 따라왔다
내가 빨리 걷자
아저씨도 빨리 걸었다
엄마께 전화를 했지만
계속 통화 중이고
거친 숨소리는
점점 가까워지고
다리는 후들거리고
오줌을 쌀 뻔한 순간
나타난 그 아이
나를 집까지 데려다 준 후
고맙다는 말을 하기도 전에
멀리 사라졌다
엄마가 놀지 말라고 한
그 아이

귤껍질

엄마가 베란다에 귤껍질을 말린다
못 먹는 줄 알았던 귤껍질
끓여서 마시면 감기에 좋단다
귤은 버릴 게 하나도 없다

엄마가 헌 옷 수거함에 내 옷을 넣는다
작아서 못 입는 옷
추운 겨울 나보다 작은 아이가 입겠지
엄마는 버릴 게 하나도 없다

코끼리를 삼킨 보아뱀

『어린 왕자』라는 책에
코끼리를 삼킨
보아뱀 얘기가 나온다
겉모습을 중시하는 어른들 눈에는
모자로 보이는

요즘 나는 보아뱀이다
나를 보고 문제 학생이라 한다
내가 삼킨 건 이렇다

가난이 지겹다며 집을 나간 엄마
지방에 내려가 일하시느라
한 달 동안 얼굴도 못 본 아빠
일주일째 밀린 알바 월급과
자꾸 떨어지는 성적
지지리도 말 안 듣는 남동생

아침에 지각 좀 했다고
수업 시간에 잠 좀 잤다고
바뀐 건 없다, 나는 나다
삼킨 게 소화가 잘 안 될 뿐이다

아버지의 등

아버지의 등을 밟는다
발에 무게를 실었을 때
우두둑 뼈 부러지는 소리가 났다
어이쿠 신음 소리를 내며
좀 더 세게 밟아 달라고 하시지만
그럴 수 없다
진짜 뼈가 부러지면 어쩌나
덜컥 겁이 났다
어릴 땐 두 발 모두 올리고
온몸으로 밟아 드렸는데
넓은 등에 업혀 잠들기도 했었는데
오늘따라 작아 보이는 아버지의 등
살살 밟는다
흔들흔들 흔들리는
징검돌을 밟는다

컵의 눈물

컵에 맺힌 이슬이
주르륵 흘러내린다
담긴 물이 너무 차가워
맺힌 이슬

어제 눈물을 흘리시던
엄마 같다
쌀쌀맞게 구는
나를 보다 못해 주르륵

얼마나 차가웠을까
엄마는 나를 담고 있는
컵인데

자궁 속 체험

여자의 자궁을 커다랗게 만든 구조물 속에
우리 반 아이들 모두 들어왔다
난자가 있는 곳까지 걸어가는데
내가 한 마리 정자가 된 기분이었다

몇 억 마리 중에 한두 마리만 수정된다는데
치열한 경쟁을 뚫고 태어난
내가 대단해 보였다
우리 반 친구들 모두가 대단해 보였다

전교 일등하는 하은이는
더 대단해 보였다
그러나 언제나 힘이 없는 아이
학교 올 때도 집에 갈 때도
엄마가 차로 데려다 준다
인공 수정을 하는 정자처럼

하은이에게는 집도 학교도
아픈 자궁일지 모른다

모래시계

한증막 안
땀 뻘뻘 흘리시는 아버지
나가신다
아버지가 뒤집어 놓은 모래시계
아직 반도 떨어지지 않았다
예전에는 세 번까지 뒤집었던 모래시계
요즘에는 두 번도 못 뒤집는다
모래시계 오 분
내 시간은 점점 길어지는데
아버지 시간은 점점 짧아진다
아버지가 뒤집지 못한
시계 속 모래가
내 마음 속으로 떨어져 쌓인다

부자 엄마 가난한 딸

시간이 부족해
두 문제 못 풀었다
엄마는 또
빨리 푸는 것도
실력이라 말하겠지
바쁘게 사는 엄마에게
시간은 돈이니까
나는 또
두 문제 못 푼 만큼
가난해진 딸이 되겠지
그러나 내게
시간은 엄마다
엄마와 함께 보낸
시간이 많을수록
부자가 되는 느낌이다

진주조개

주희가 메롱 하며
혀를 내미는데
반짝 빛나는 것
피어싱을 하고 있다
혀에 쌓인 은빛 구슬이
진주 같다
이물질이 들어오면
분비액으로 감싼다는 조개
그게 자라서 진주가 된다던데
진주는 조개가 이물질과
싸움을 했다는 증거
주희의 마음속에 들어간
이물질은 무엇이었을까
몇 달 전부터
비밀이 많아진 주희
얼마 전 우리 집에서
하룻밤 자고 간 주희

새벽에 깨어 몰래 울던
눈물로 진주를 만들던
진주조개 주희

중독

아빠는
술에 중독됐고
엄마는
일에 중독됐고
형은
게임에 중독됐다
급식비 지원 신청서를 써 줄 사람이
아무도 없어
내가 직접 썼다
가정 형편을 뭐라고 써야 하나?
중독된 가족이라고 쓰나?
그냥 형편이 어렵다고 썼다
선생님께 드렸더니
빠진 서류가 있다며
이것저것 서류 이름을 적어 주신다
선생님은
서류에 중독됐다

무거운 짐

거울 보며
노래를 부른다
음이 점점 올라갈수록
목에 힘줄이 돋는다

팔뚝 같다
항상 굵은 힘줄이 돋아 있는
아버지 팔뚝

어떤 짐을 들고 있을까
잘 때도 내려놓지 않는
무거운 짐

나눠 들고 싶다

3부

악어에게
물린 날

연습장

내 연습장

공부도 하고 그림도 그리고 낙서도 하고 비행기 접어 날리기도 하고 편지도 쓰고 빙고 게임도 하고 한 장 찢어 친구에게 주기도 하고 글쓰기 수행평가 미리 써 보기도 하고 짝꿍이랑 수업 시간에 몰래 비밀 글을 주고받기도 하는 다 쓴 연습장을 읽다 보면 피식피식 웃음도 나는

일기장보다 솔직한
내 놀이터

학교가 연습장이었으면 좋겠다

교통이용불편신고엽서

제가 탄 버스는요
좌석에 앉기도 전에 출발을 해요
안내 방송이 잘 들리지 않고요
뒤에 공간이 많아도 앞에만 사람들이 몰려 있어요
벨을 누르지 않으면 정류장인데도 서지 않고요
정류장에 혼자 서 있을 때는 손을 흔들어야 세워 줘요
어떤 정류장은 경쟁이 치열해서 못 타기도 하고
내릴 때가 되었는데도 사람들에게 막혀 못 내리기도 하고
내리기도 전에 문을 닫아 버리기도 해요
차가 밀려 있을 때는 위험한 도로에 내려 주기도 하고
큰 소리로 핸드폰을 하는 어른들에게는 아무 말도 못하면서
학생들이 떠들면 버럭 소리를 질러요
제가 앉은 일반석은 노약자가 타면 가시방석으로 변하고
노약자도 아니면서 어른들은 노약자석에 앉아 있어요
당당히 돈 내고 탔는데 뭔가 손해를 보는 느낌이에요
제가 탄 학교라는 버스는요
어딘가로 바쁘게 달려가는 것 같지만
실은 같은 길을 돌고 돌기만 해요

리어카

리어카 엔진은
사람의 다리

다리 두 개는
2기통 엔진

2기통 엔진으로
후들후들
언덕을 오르는
리어카 뒤에
다리 두 개 더 붙는다

4기통 엔진이 되어
부릉부릉
힘차게 오른다

이에는 이

동민이는 욕쟁이다
말의 70%가 욕일 거다
오늘은 수업 시간에 핸드폰 하다 들켰다
선생님께 뺏기는 순간
"에이 씨팔!"
분위기 살벌해졌다
별명은 원시인, 무식하기로 소문난
생활지도부 선생님이었다
핸드폰을 주먹도끼처럼 치켜들 때
동민이 움찔 두 손으로 머리를 막았다
쩍! 찍히는가 싶었는데
선생님 동민이 앞에 핸드폰 내밀며
10초 줄 테니 네가 한 말 열 번 입력해서
문자로 보내라 하셨다
1초 넘어갈 때마다 일주일 압수라 하셨다
동민이 독수리보다 빠르게
12초 걸려 보냈다

다 끝났나 싶었는데
선생님 받은 문자
동민이 아빠께 보낸다 하셨다
안 보내는 대신
동민이 2주 동안 욕도 못하고
선생님께 충성하기로 했다

애정 표현 금지

소희와 손잡고 가다가
선생님께 들켰다
삼진 아웃 됐다
처음에는
한가운데로 들어오는
정직한 직구였다
잡은 손을
살짝 노려만 봤다
두 번째는
바깥쪽으로 휘는
슬라이더였다
"애정 표현 금지!"라며
딱 잘라 말했다
세 번째는
나비처럼 둥둥 떠다니는 마구
너클 볼이었다
버터플라이 하듯

교무실 복도에서
손 들고 서 있다

징검다리

좁은 골목
꾸불꾸불
높은 계단 길

사람들이
징검다리처럼
길게 줄 서 있다

손에서 손으로
전해지는 연탄

연탄이
겨울 강을
건너고 있다

악어에게 물린 날

책상 위에 놓아둔 스테이플러가
악어처럼 입을 벌리고 있다
놈이 물고 간 자리에는
이빨이 박혀 있다
여러 장의 종이를
하나로 묶을 때 사용하는 물건
종이가 두꺼울 때는
머리통을 주먹으로 내려치기도 한다
오늘은 내가 악어에게 물렸다
피우지도 않는 담배를 피웠다고
생활지도부에 불려 갔다
아무도 나의 결백을 믿어 주지 않았다
담배를 피우는 친구들과 친하다는 이유로
한통속으로 묶여 버렸다
겨우 오해가 풀려 이빨은 빠졌지만
집에 걸어오는 내내
마음에 구멍 두 개가 뚫린 기분이었다

빨간 손

전단지 나눠 주시는 아줌마
손이 빨갛다
빨간색은 따뜻한 색인데
아줌마 손은 시려서 빨갛다
누가 좀 따뜻하게 해 달라고
말하는 것 같다
불쑥 전단지를 내미는 손
나도 모르게 주머니 속에 있던
손이 빠져나왔다
전단지라도 잡아 드리고 싶었다

화살표

지하철 계단을 올라가는데
쉬익 화살이 날아왔다
"우측통행을 해야지, 학생이 왜 그래!"
이마에 바른 생활이라고 쓰인
할아버지께서 말씀하셨다
피할 겨를도 없이 가슴에 적중했다
내려오는 방향으로 올라갔기 때문이다
성벽을 오르던 병사가
화살을 맞고 추락하는 장면이 머리를 스쳤다
태어나서 지금껏 좌측통행만 했으니
쉽게 고쳐지겠는가?
이유도 모른 채 바뀐 우측통행처럼
입시 제도도 그렇다
화살표 방향을 따라 걸어야 하는 건
바로 우리들인데
아무도 바뀐 이유를 말해 주지 않는다

편등

평등 평등
노래를 하시는 선생님께서
2학기 들어 한 달 넘게
지각을 하고 있는 성진이에게는
아무 말도 안 하시면서
딱 세 번밖에 안 한 내게는
남아서 반성문 쓰고 가라 하셨다

나는 반성문에다
평등이 아니라 편견이라 썼다
반성문을 읽던 선생님
갑자기 빨간 펜을 꺼내시더니
평등의 '등'자에, 편견의 '편'자에
동그라미를 치신 후
편등이라 크게 쓰셨다

잘사는 사람과 못사는 사람의

세금이 똑같으면 되겠냐며
성진이는 지각할 만한 이유가 있다며
그만 가 보라고 하셨다

집에 오는 길
오토바이 타고 피자 배달 가는
성진이를 보았다

난 Tab Key가 좋아

컴퓨터 키보드
Del Key를 누르면
앞에 있는 내용이 지워지지
미래가 지워지듯
나의 꿈들이
마법의 램프 같은
커서 속으로
돌돌 말려들어가지
며칠 후 기말고사 시험이 있지
아! 난 또
Del Key를 눌러야 하지
학교는 이상해
꿈을 위해
잠시 꿈을 보류해 두는 곳이라니
이게 말이 된다고 생각해
앞에 있는 내용을 몽땅 데리고
껑충껑충 건너뛰는

난 Tab Key가 좋아
꿈을 안고 점프하듯
Tab Tab Tab

팔레트

선생님들 보세요
물감을 짜 놓은 팔레트
그게 우리라고요
머리 긴 색깔
치마 짧은 색깔
툭하면 주먹을 휘두르는 색깔
띄엄띄엄 학교에 오는 색깔
쉬는 시간에도 공부를 하는 색깔
노래 잘 부르는 색깔
왕따 색깔
외제차 타고 등교하는 색깔
밤마다 야동 보는 색깔
조용한 색깔
담배 냄새 나는 색깔
이렇게 많은 색깔이 있는데
왜 만날 같은 색깔만 쓰시냐고요
우리는 단색 판화가 아니잖아요

피카소 그림처럼

서로가 서로에게

좀 자유로워지자고요

분리수거

분리수거 잘못하면
시간 낭비 돈 낭비라
선생님은 말하신다

헤어디자이너가 꿈인 수연이는
인문계 원서를 썼고
소설가가 꿈인 나는
비싼 대학 등록금 걱정에
실업계 원서를 썼다

우리가 쓰레기라는 건 아니다
새것도 쓸모없는 곳에 있으면
쓰레기통에 들어가는 걸
너무 많이 봤을 뿐이다

마음의 탑

리어카 위에
귤탑이 쌓여 있다
의자에 앉아 있는 아줌마 등에도
탑이 쌓여 있다
엄마의 겨울 잠바 속에
아이가 업혀 있다
잠바 밖으로 삐져나온
아이의 작은 신발을 보는 순간
나도 모르게 주머니로
손이 들어갔다
"천 원어치도 팔아요?"
귤탑에 있는 귤 다섯 알
내 마음의 탑에
쌓아 두었다

변신

클립의 한 부분을 눌러서 구부리면
하트 모양이 된다
두 부분도 아니고 딱 한 부분

"열려라, 참깨!"
알리바바가 도적들의 보물 창고를 열었던 주문처럼
내게도 나를 변화시킨
한 마디가 있다

올해 처음으로 교사가 된 영어 선생님
"믿는다!"
딱 한 마디만 했을 뿐인데
가슴이 뜨거워졌다

넘버원 아저씨

같은 빌라 지하에 살던
넘버원 아저씨가 고향으로 간단다

말레이시아에서 온 아저씨
한국은 살기 좋은 나라라며
엄지손가락 들어
넘버원을 만들곤 했었는데
공장에서 일하다
손가락 네 개 잘리고
몇 달 동안 붕대 감고 다니더니
지금 커다란 여행 가방 들고 서 있다

오른손 들어가 있는
볼록한 주머니를 못 본 척
꾸벅 인사를 하니
의외였다
왼손으로 넘버원을 만들어 주었다

장래 희망

취미 : 음악 감상
특기 : 비트박스
장래 희망 : 의사

내 상담 카드를 보시던 선생님
재채기 참듯
꾹 다문 입술이 달싹달싹
콧구멍이 벌렁벌렁
쿡!
결국 참지 못하고 웃음이 새어 나왔다

"적성과 장래 희망이 맞지 않네?"
맞지 않네? 맞지 않네? 맞지 않네?
선생님 말씀 집에 가는 내내
그림자 되어 따라온다

칫, 비트박스 하면서 진료하는

소아과 의사 하지 뭐
애들이 얼마나 좋아하겠어
나는 바닥에 나뒹구는
요구르트 통을 발로 힘껏 찼다

4부

너는 내 운명

확성기

우리 학교에는 귀가 어두우신
선생님이 한 분 있다
자신의 목소리도 작게 들리는지
말할 때마다
세상을 향해 확성기를 틀어 놓은 듯
쩌렁쩌렁하다

나는 요즘 목소리가 작아진다
네가 떠났을 뿐인데
마음이 텅 비어 버려
작은 소리도 크게 들린다
세상이 나에게 확성기를 틀어 놓은 듯
내 목소리에 내가 놀라
자꾸만 입술이 오므라든다

너와 함께 있을 때는
목소리가 크다고 야단도 맞았는데
네가 내 확성기였는데

파인애플

너를 보면
파인애플이 떠올라
속은 사과처럼 새콤달콤하지만
겉은 소나무 껍질 같은
넌 나와 다른 전쟁을 치르고 있지
내가 영어 발음 때문에 고민하고 있을 때
넌 징계받지 않을까 걱정하고 있지
네 거친 말과 행동들
무엇이 너에게 갑옷을 입혔는지
난 알아
일주일이 멀다 하고 멍 드는 몸
알코올 중독자 아빠 때문이라는 것
너에겐 살아 내는 게 전쟁이지만
친구야, 난 널 믿어
넌 나에게만큼은 친절하잖아
여전히 변하지 않은 네 꿈
새콤하고 달콤한 아이들을 가르치는 유치원 선생님

꼭 이룰 수 있을 거야

넌 사과를 꿈꾸는 소나무니까

고작 한 뼘

벽에 꼿꼿이 서서
머리에 연필을 올리고
선을 그었다
선 옆에 내 이름을 적었다
"뭐 하냐?"
내 이상한 행동을 보며 친구가 물었다
"키 잰다."
말이 끝나기가 무섭게 우당탕탕
너도나도 키를 쟀다
벽이 금방 지저분해졌다
그때 담임 선생님이 들어오셨다
지저분해진 벽을 한참 쳐다보시더니
맨 아래 표시된 키에서
맨 위에 표시된 키까지
손가락을 쫙 펴서 뼘을 쟀다
딱 한 뼘이었다
우리들의 차이가

고작 한 뼘밖에 안 됐다
선생님이 말했다
"어이, 제일 큰 놈이 지워!"

라면 맛있게 끓이는 법

물은 종이컵으로 두 컵 반
라면은 반으로 한 번만 쪼개고
스프를 먼저 넣고 끓인다
계란은 불 끄기 30초 전에 넣고
젓가락으로 딱 세 번만 젓는다
고추장을 반 숟가락 넣으면
국물 맛이 끝내준다
이렇게도 해 보고 저렇게도 해 본 결과
내가 터득한 방법이다
그러나 이것보다 맛있는 건
친구들과 함께 끓이는 것
밤늦도록 집에 혼자 있는 나에겐
친구들이 스프고 계란이고 고추장이다

트라이앵글

트라이앵글은
세 모서리의 한 곳이
벌어져 있다
나래 소희 그리고 나
우리 삼총사 사이처럼
슬픈 삼각형이다
나래가 소희와 더 가까워지면서
나와 멀어졌다
학교에서는 괜찮은 척했지만
집에만 오면 울적해진다
마음속에서
트라이앵글이 울린다

덧니가 달린다

상훈이는 송곳니
길고 뾰족한 아이
걸핏하면 주먹질이다
생활지도부에 지정석까지 있다
3분 만에 찍고 자는 시험
반 평균을 꼴찌로 만드는 일등 공신이다
말투도 행동도 삐딱한
상훈이는 덧니
수업 분위기를 망치는 아이
젊은 여선생님 여럿 울렸다
일주일째 가출한 상훈이
아이들도 선생님들도
계속 안 오기를 바라는 눈치
체육 대회 날 뜻밖에도
상훈이가 왔다
릴레이 마지막 주자로
한 명 따라잡고 두 명 따라잡고

상훈이가 달린다
덧니가 달린다
오래간만에 덧니를 드러내고
우리 반 활짝 웃는다

매미가 울고 간 자리

공원 벤치에 앉아
너를 기다린다
오지 않을 걸 알면서도
너와 함께 바라보던 나무를 본다
나무에는 작고 동그란
옹이 자국이 있다
매미처럼 생겼다
매미가 울고 간 자리일까
옹이는 나뭇가지가 잘린 자리다
이별의 상처가 만든 무늬다
내 마음의 무늬 같다
네가 머물다 간 자리
굼벵이처럼 소심한 나를
사랑한다 사랑한다 사랑한다
매미처럼 울게 해 준 너
나무마다 그런 무늬가 하나쯤 있다
사람도 마찬가지겠지

요즘에는 사람을 보면
가지보다 무늬가 보인다

너는 내 운명

계집애
글씨만 틀리지 않았어도
필기를 하다가
화이트 좀 빌려 달라고 하니
옆구리 쿡 찌르며
생리대를 줬다
헐~ 남자 애들이 보기 전에
재빨리 교복 주머니에 넣었다
그날 이후
나는 그날이 아닌데도
생리대를 들고 다녔다
몇 달 후 그날
계집애
생리대가 없는 것 같아
빌려 준다니까
생리 주기가 바뀌었단다
하필 바뀐 날이

내 진짜 그날이었다
뭐 조금만 비슷해도
너는 내 운명이라며
쫓아다니는 징그러운
계집애

교복 두 벌

내 방에는
교복 두 벌이 있다
헌 교복은 지난 학교 거
새 교복은 이번 학교 거

집을 이사해서
2학기에 전학 온 나는
친구들이 그리울 때면
헌 교복을 입어 본다

옷이 꼭 안아 주는 느낌
'힘내, 우리들이 있잖아.'
교복 부스럭거리는 소리가
친구들의 귓속말로 들린다

물감

물감이 한 방울
떨어졌을 뿐인데
세면대에 받은 물이
모두 물들었다
너의 말 한 마디에
어제는 까맣게 물들었다가
오늘은 빨갛게 물드는
내 마음
사랑은 물감이다
내가 눈물 한 방울만 흘려도
너는 쩔쩔맨다

어깨동무

학교 끝날 즈음
비가 왔다
우산이 없어
머리 푹 숙이고 가는데
작년에 같은 반이었던
민수가 뛰어왔다
우산 하나 나눠 쓰고 가는 길
그동안 밀린 이야기를 했다
작년에는 매일 이렇게
어깨 부딪히며 다녔는데
반이 갈린 후 조금씩 멀어졌다
민수도 나만큼 미안했는지
집까지 바래다줬다
집에 들어와 옷을 벗으려는데
오른쪽 어깨가 흠뻑 젖어 있다
왼쪽 어깨는 젖지 않았다
민수가 한쪽 어깨를 적시며 지켜 준 어깨

이런 걸까, 친구는
어깨를 나누는 것

느린 이유

점심시간
내 앞에 서 있는
특수반 아이

급식판 드는데 5초
수저 고르는데 7초
주걱으로 반찬 뜨는데 10초

아아, 배는 고프고
동작은 느리고
급식판 들고 가는
아이를 앞지르며 흘깃 본다

국물 한 방울 넘칠까
가다 서다 가다 서다

느린 게 아니라
조심스러운 것이었다

위험한 놀이

하느님 제 친구 좀 구해 주세요
귀신을 불러들이고 있어요
분신사바사바 오잇데 구다사이
펜을 쥐고 ○, ×를 그리고 있어요
중간에 펜을 놓아 버리면
귀신의 저주를 받는다는
위험한 놀이
쉬는 시간인데도 문제집만 풀고 있어요
대학에 가야 한다나요
좋아하는 누나가
대학생 되면 사귄다고 했다나요
바보 그건 차인 건데
몰라도 한참 몰라요
사랑에도 대학이라는 자격이 필요한가요
그렇다면 하느님
사랑 좀 구해 주세요

풀잎의 노래

선녀는 없어지고
밝아진 무대 한가운데……

지적 장애 1급, 민성이가 책을 읽으니
글자들이 온통 헝클어진다
나비 떼가 어지럽게 날아다니는 것 같다
문장에 능선이 생겨 덩실덩실
곡선을 그리며 바위를 타넘는 강물처럼

몸이 악기라도 되는 것처럼
글자를 읽을 때마다 몸을 들썩거리며
마지막 문장을 읽는다

나는 그것이
풀잎들인 것을 알아냈다

보호색

친구야
슬플 땐 울어
내가 어깨 빌려 줄게
내 앞에서까지
웃으려고 애쓰지 마
네 웃음이 보호색이라는 거
알아 그러나 난
천적이 아니잖니
네가 울면
같은 색으로 울어 주는
친구잖니
내가 바로 네
보호색이잖니

하늘을 나는 기차

꿈을 꿨다
우리가 탄 기차가
레일 위로 떠올랐다
한 칸에 한 반씩
1반에서 7반까지
1학년 전체가
하늘 여행을 했다
맨 앞에서
기차를 끌고 있는
기관차는 우리와
뚝 떨어져 있는 8반
특수반이었다

등나무처럼

등나무 줄기가
꽈배기처럼 비비 꼬여 있다
혼자서 못 오르니
삼삼오오 모여서 올라갔다

하나가 기울면
다른 하나가 받쳐 주며
풀어지지 않게
서로 꼭 부둥켜안으며 올라갔다

그러나 지붕 높이에서는
더 이상 오르지 않고
옆으로 퍼져 지붕을 덮었다

누가 더 높이 오르나
경쟁하지 않고
그늘 넓은
나무 한 그루가 되었다

사과를 꿈꾸는 소나무들에게

점심 먹고 학교 연못에 앉아 있을 때 그 아이가 다가왔다.

"또 시 쓰세요?"

"응, 근데 어떻게 알았어?"

"척 보면 알죠. 뭔가 뚫어져라 쳐다보시잖아요. 넋 나간 사람처럼."

"아하, 너희들 핸드폰 게임할 때처럼?"

"네, 근데 싸부! 시가 그렇게 좋아요?"

"응."

"왜요?"

나는 연못에 작은 돌 하나를 던졌다. 물이 출렁인다. 시는 잔잔한 연못에 돌 하나 떨어진 것과 같아. 잔잔한 마음에 돌이 떨어져 출렁이는 순간, 내 마음이 움직이는 순간, 그 순간이 바로 시라고 생각해. 네가 짝사랑하는 친구가 한 발 두 발 다가올 때 두근거리는 네 마음처럼, 시가 떠오를 땐 심장이 2배속으로 뛰며 내가 살아 있다는 기분이 들거든.

연못의 물이 얼면 돌을 던져도 출렁이지 않지. 그냥 튕겨 나가 버려. 참 슬픈 일이야. 아무리 두드려도 열리지 않는 문 같아서, 아무것도 느끼지 못하는 마음 같아서, 너무 외로워 보여서 마음이 아파. 물론 날씨가 추워서 물이 얼었겠지. 그러나 물이 출렁이고 있었다면 쉽게 얼지 않았을 거야. 혹시 너무 쉽게 얼어 버린 후 추운 날씨를 탓하는 게 아닐까?

출렁이는 물을 봐. 말하고 있는 것 같지 않니? 물은 출렁이면서 세상과 대화를 하고 있지. 마음도 똑같아. 출렁이면서 세상과 대화를 하지. 대화를 하다 보면 내가 세상을 너무 몰랐구나. 오해한 부분도 많았구나. 그렇게 세상과 조금씩 친해지는 거지.

이런 얘기를 주고받을 때 수업 예비종이 쳤다. 교실로 뛰어가는 아이의 뒷모습이 그 나이 때 내 모습과 겹쳐진다. 혹시, 내가 아니었을까?

인생에서 가장 감동적인 영화를 한 편 뽑으라고 할 때마다 나는 주저하지 않고 〈죽은 시인의 사회(Dead Poets Society)〉를 뽑는다. 그때 내 나이 열아홉, 고등학교 3학년이었다. 영화의 자막이 다 올라갔는데도 자리에서 일어날 수가 없었다. 영화에 나오는 키팅 같은 선생님이 되고 싶다는 꿈이 생기는 순간이었다. 아이들과 함께 시를 쓰는 선생님!

'죽은 시인의 사회'라는 제목은 두고두고 새롭게 해석되었다. 죽은 시인의 사회란 그 당시 우리나라 학교를 뜻한다는 것, 시인이 죽은 학교, 개인의 감성이 죽은 학교, 경쟁에 지쳐 돌이 떨어져도 출렁이지 않는 학생들, 꽝꽝 얼어 버린 마음들, 행복보다는 불행을 먼저 떠올리게 하는 학교.

이 문제를 해결할 수 있는 방법이 시라고 생각했다. 내 속에 시인이 살아 있다면, 내 마음이 얼지 않는다면 그곳이 어떤 환경이든지 행복해질 수 있다고 믿었다. 그리고 10년 후에 나는 어렵게 선생님이 되었다.

처음 선생님이 되었을 때 아이들과 문학반을 만들어 일주일에 한 번 각자 써 온 시를 나눠 읽고 그 시로 시 낭송 대회도 나가고 우리들만의 시화전도 열고 비록 복사한 것이지만 우리들만의 시집도 만들고……. 참 행복한 시간이었다. 그렇게 몇 년 만 하면 죽은 시인의 사회가 살아날 것만 같았다.

그러나 10년이 훌쩍 넘어 버린 지금도 살아나지 않는 학교. 나는 점점 지쳐 갔다. 아이들과 시 이야기를 하는 시간도 점점 줄어들었다. 내 마음에 살얼음이 끼고 있었다. 그때마다 내 마음에 돌을 던져 준 사람은 바로 아이들이었다. 자작시라며 부끄럽게 연습장을 내미는 아이들. 그 시를 읽는 동안 살얼음이 스르르 녹았다.

심장이 터지도록 줄넘기를 하는 아이, 하나만 더! 하나만 더! 턱걸이를 하는 아이, 투명 인간 같은 아이, 스프링처럼 통통 튀는 아이, 쉬는 시간만 되면 거울 앞으로 달려가는 아이, 코끼리만 한 아픔을 삼켰지만 아픔을 진주로 만드는 중인 아이, 끙끙 힘겹게 언덕을 오르고 있는 리어카를 슬쩍 밀어 주는 아이, 다정한 말 한 마디에 악어에게 물린 기억을 훌훌 털어 버리는 아이, 손으로 덧니를 가리지 않고 활짝 웃을 줄 아는 아이, 라면을 맛있게 끓이는 법을 아는 아이, 하늘을 나는 기차를 운전하는 아이, 등나무처럼 바글바글 모여서 떠들고 있는 아이들, 새콤하고 달콤한 사과를 꿈꾸는 소나무 같은 아이의 모습이 시가 되어 내 마음에 떨어졌다.

출렁이게 했다.

　우린 그런 사이였다. 서로 힘들 때 어깨를 빌려 주는 사이. 하루의 절반을 아이들과 생활하다 보니 내 시에는 아이들이 자주 등장했다. 그동안 쓴 것을 모아서 읽어 보니 '죽은 시인의 사회'가 새롭게 해석되었다. 시인이 죽은 학교가 아니라 학교에 시인이 살아 있다는 것을 발견해 내지 못했던 사회였을 뿐이었다. 지금 네 모습이 시라고, 그 어느 때보다 살아 있다고, 그런 네가 있어 세상이 얼지 않는다는 걸 말해 주는 사람이 많지 않았을 뿐이다. 나 역시 깊이 반성한다. 용기를 내서 그동안 교실 게시판에만 붙이던 시를 한 권의 시집으로 묶는다. 나를 출렁이게 했던 순간을 함께 나누고 싶다.

　그동안 나를 볼 때마다 "시집 언제 나와요?"라고 말해 준 아이들에게 고맙다. 그 말은 나를 응원하는 소리로 들렸다. 2년 전에 신입생이었던 아이들이 어느새 키가 훌쩍 자라 3학년이 되었다. 오늘 3학년 수업에 들어가 드디어 시집이 나오게 되었다고 말했을 때 자기 일처럼 기뻐해 주던 아이들. 그 기다림이 시집을 내는 행운을 가져오지 않았을까? 시집을 낼 수 있는 기회를 준 〈푸른책들〉께도 고맙다. 시를 함께 읽어 주었던 아내와 아들딸에게도 고맙다.

그리고……

여태 내 마음속에서 살고 있는 소년에게도 고맙다. 소년을 낳아 주신 어머니께도 감사드린다. 소년은 오늘도 내 마음에 돌을 던지고 있다. 소년이 내 마음을 떠나지 않도록 말을 걸어 준 소년 소녀들에게, 사과를 꿈꾸는 소나무들에게 바친다.

풍덩!

2011년 오월
이장근

〈푸른책들〉과 〈보물창고〉의 청소년을 위한 시집, 함께 읽어 보세요!

그래도 괜찮아 안오일
나는 나다 안오일
악어에게 물린 날 이장근
나는 지금 꽃이다 이장근
별에서 별까지 신형건
뱅뱅 김선경
하늘과 바람과 별과 시 윤동주
헤르만 헤세 시집 헤르만 헤세

이장근

1971년 경북 의성에서 태어났으며, 한남대학교 국어교육과를 졸업했다. 2008년 매일신문 신춘문예에 시 「파문」이 당선되었으며, 2010년 동시 「귓속 동굴 탐사」 외 11편으로 제8회 푸른문학상 '새로운 시인상'을 수상했다. 현재 서울에서 중학교 국어 교사로 일하면서 학교 현장에서 청소년들과 직접 호흡하며 그들의 고민과 관심사를 시에 담아 소통하고자 노력하고 있다. 지은 책으로 동시집 『바다는 왜 바다일까?』, 청소년시집 『악어에게 물린 날』, 『나는 지금 꽃이다』, 시집 『핀투』 등이 있다.

푸른도서관

푸른도서관은 '10대에서 20대까지' 눈부신 성장을 거듭하는
'푸른 세대'를 위한 본격 문학 시리즈입니다.
당대 청소년들의 현실을 생생하게 반영한 성장소설과
다양한 시대상을 반영한 역사소설,
청소년시집 그리고 흥미진진한 판타지에 이르기까지
국내 작가들이 공들여 창작한 감동적인 작품들을
푸른도서관에서 더 만나 보세요!

1. 뢰제의 나라 강숙인 지음

교통사고로 가사 상태에 빠진 열두 살 소년이 저승사자의 손에 이끌려 저승인 '뢰제의 나라'를 여행하면서 벌어지는 모험담을 담은 판타지소설.
★ 윤석중문학상 수상작 ★ 동화읽는가족 추천도서

2. 아버지가 없는 나라로 가고 싶다 이규희 지음

아픈 결핍의 가족사를 벗어던지고 마침내 더 너른 세상을 향해 나아가는 소녀를 통해 성장의 의미를 곰곰이 곱씹게 해 주는 가슴 뭉클한 성장소설.
★ 세종아동문학상 수상작가

3. 까망머리 주디 손연자 지음

좋아하는 남학생에게 외모에 대한 조롱 섞인 말을 듣고, 입양아인 자신이 미국 사회의 이방인이라는 사실을 깨닫는 사춘기 소녀 주디가 정체성을 찾아가는 이야기.
★ 책따세 추천도서 ★ 학교도서관사서협의회 추천도서 ★ 부산광역시교육청 독서인증제 권장도서

8. 화랑 바도루 강숙인 지음

부모님을 일찍 여읜 바도루가 김충현 장군 밑에서 생활하며 그의 자제인 경천과 함께 피나는 노력과 뜨거운 우정을 나누며 꿈에 그리던 화랑이 되는 이야기를 그린 본격 역사소설.
★ 동화읽는가족 추천도서

10. 마사코의 질문 손연자 지음

일본인 소녀의 입으로 일본인의 죄를 묻는 이야기. 일제 강점기에 우리 민족이 겪은 온갖 수난을 생생하고 절실하게 그려 낸 9편의 작품이 실려 있다.
★ 세종아동문학상 수상작 ★ SBS 어린이미디어대상 수상작 ★ 한우리독서토론논술 필독도서

11. 아, 호동 왕자 강숙인 지음

비극적 사랑의 대명사 호동 왕자와 낙랑 공주, 그들이 정말 사랑하는 사이였는가에 대한 의문으로 시작된 역사소설. 우리가 알고 있던 이야기를 뒤집어 전혀 새로운 시각을 제시한다.
★ 한우리독서토론논술 필독도서 ★ 서울독서교육연구회 추천도서 ★ 책읽는교육사회실천협의회 추천도서

12. 길 위의 책 강 미 지음

'책'을 통해 자연스럽게 자신의 고민과 방황을 해결하고 상처를 치유해 나가는 여고생들의 이야기를 잔잔하게 그렸다. 청소년들을 위한 성장소설들이 '책 속의 책'으로 가득 담겨 있다.
★ 제3회 푸른문학상 수상작 ★ 책따세 추천도서 ★ 문화체육관광부 우수교양도서

13. 느티는 아프다 이용포 지음

'지금 여기'의 '가장 낮은 곳'을 이야기하는 성장소설. 독자들에게 이웃을 바라보는 시선을 바꾸고 존재의 소중함을 돌아볼 수 있는 시간을 마련해 준다.
★ 한국문화예술위원회 우수문학도서 ★ 평화박물관 선정 청소년 평화책

14. 발끝으로 서다 임정진 지음

베스트셀러 『행복은 성적순이 아니잖아요』의 임정진 작가가 펴낸 청소년소설. 낯선 땅으로 홀로 유학을 떠난 주인공을 통해 조기 유학생활의 어려움과 외로움을 절절하게 그렸다.
★ 책따세 추천도서

15. 마지막 왕자 강숙인 지음

역사의 그늘에 가려져 있던 인물이자 신라의 마지막 왕인 경순왕의 아들 마의태자를 주인공으로 한 역사소설로, 그의 새로운 영웅적 면모를 보여 준다.
★ 〈중앙일보〉 좋은책 100선 선정도서 ★ 어린이도서연구회 청소년 권장도서

16. 초원의 별 강숙인 지음

마의태자를 주인공으로 한 『마지막 왕자』의 후속작. 사라져 버린 나라를 그리워하던 주인공 새부가 광활한 만주 대륙에서 아버지의 꿈을 이루는 과정을 흥미진진하게 그리고 있다.
★ 동화읽는가족 추천도서

18. 쥐를 잡자 임태희 지음

원치 않는 임신을 한 여고생의 이야기로 성에 대해 여전히 취약한 우리 청소년의 현실을 돌아보고 위험성을 인식하게 만든다. 동시에 대책 마련이 시급하다는 사실을 새삼 일깨운다.
★ 제4회 푸른문학상 수상작   ★ 아침독서 청소년 추천도서   ★ 어린이도서연구회 청소년 권장도서

19. 바람의 아이 한석청 지음

우리나라 아동청소년문학 최초로 발해를 소재로 한 장편역사소설. 고구려 멸망 뒤 옛 고구려 지역에 살던 이들의 비참한 삶과 나라를 되찾고자 하는 투쟁을 생생하게 그려 냈다.
★ 한우리독서토론논술 필독도서   ★ 책읽는교육사회실천협의회 추천도서

21. 리남행 비행기 김현화 지음

봉수네 가족이 북한을 탈출해 리남행 비행기에 오르기까지의 여정이 긴장감 있게 그려져 있다. 온갖 역경 속에서도 인간애와 가족애를 잃지 않는 모습이 진한 감동을 선사한다.
★ 제5회 푸른문학상 수상작   ★ 책따세 추천도서   ★ 한국문화예술위원회 우수문학도서

22. 겨울, 블로그 강 미 지음

자신만의 길을 찾아가는 청소년들이 종횡무진 활동하는 네 편의 작품을 담았다. 청소년들의 일상을 정확하고 섬세하게 묘사하여 그들이 나아갈 수 있는 길을 오롯이 보여 준다.
★ 문화체육관광부 우수교양도서   ★ 아침독서 청소년 추천도서   ★ 한국출판인회의 선정 이달의 책

23. 네가 하늘이다 이윤희 지음

1894년 동학 농민 운동을 배경으로 새로운 세상을 꿈꾸었지만 결국 이름조차 남기지 못하고 스러져 간 농민군의 이야기를 감동적으로 그려 낸 대하역사소설.
★ 아침독서 청소년 추천도서   ★ 한국어린이문화대상 수상작

24. 벼랑 이금이 지음

원조 교제, 첫 키스, 협박, 폭력……. 거친 현실의 이면에 감춰진 청소년들의 내면을 섬세하게 다루고 있는 이금이 작가의 연작청소년소설.
★ 한국문화예술위원회 우수문학도서   ★ 아침독서 청소년 추천도서   ★ 네이버 북리펀드 선정도서

25. 뚜깐뎐 이용포 지음

서기 2044년, 한국에서 영어 공용화 안안이 통과된 뒤 영어가 일상으로 자리를 잡은 때와 한글이 박해를 받던 연산군 시절을 오가며 현대인들에게 진지한 성찰의 기회를 제공한다.
★ 아침독서 청소년 추천도서   ★ 대한출판문화협회 올해의 청소년도서   ★ 〈중앙일보〉 선정 이달의 책

26. 천년별곡 박윤규 지음

천 년의 시간을 애증과 그리움으로 버틴 주목나무의 이야기를 절제된 감성으로 그린 작품. 시 형식을 차용한 소설인 '시소설'이란 신선한 장르에 애절한 정서를 잘 녹여 냈다.
★ 한우리가 선정한 좋은 책

27. 지귀, 선덕 여왕을 꿈꾸다 강숙인 지음

지귀 설화 속에 숨어 있는 선덕 여왕 이야기를 담은 역사소설. 지귀와 선덕 여왕, 김춘추와 김유신 등 시대의 격랑에 휘말린 이들의 삶과 사랑이 독자들의 가슴속에 파고든다.
★ 책따세 추천도서   ★ 네이버 북리펀드 선정도서   ★ 아침독서 청소년 추천도서

28. 청아 청아 예쁜 청아 강숙인 지음
〈심청전〉을 현대적으로 재해석한 소설. 새로운 시각의 심청과 서해 용왕 그리고 그의 아들을 등장시켜 '보이지 않는 사랑 이야기'를 통해 참다운 사랑의 의미를 되새기게 한다.
★ 한국출판인회의 선정 이달의 책 ★ 중앙독서교육 선정도서

30. 사라지지 않는 노래 배봉기 지음
세계적 미스터리의 하나인 이스터 섬 모아이 석상의 비밀을 소재로 인간의 파괴적 욕망과 그것을 극복했을 때 찾을 수 있는 평화를 보여 준다.
★ 문화체육관광부 우수교양도서 ★ 네이버 북리펀드 선정도서 ★ 국립어린이청소년도서관 추천도서

31. 김홍도, 조선을 그리다 박지숙 지음
김홍도의 그림을 통해 그의 삶을 다룬 연작으로, 작가 특유의 상상력과 깊이 있는 통찰력으로 '인간 김홍도'의 삶을 생생하게 되살려낸 본격 역사소설이다.
★ 문화체육관광부 우수교양도서 ★ 〈소년조선일보〉 추천도서 ★ 아침독서 청소년 추천도서

32. 새가 날아든다 강정규 지음
한국 전쟁을 직접 경험한 세대가 전쟁과 분단과 이산이라는 문제를 다른 시각에서 조명한 작품. 역사의 굴곡을 넘어 당대의 사람들이 더불어 살아가는 이야기를 일곱 편의 소설에 담았다.
★ 아침독서 청소년 추천도서

34. 밤나무정의 기판이 강정님 지음
1950년대를 배경으로 소년 기판이의 각별하고도 애틋한 성장과 모험과 죽음을 다룬 이야기. 작가 특유의 입담과 사투리에 실린 당시의 일상과 풍속이 눈앞에 생생하게 되살아난다.
★ 한국문화예술위원회 우수문학도서 ★ 대한출판문화협회 올해의 청소년도서 ★ 아침독서 청소년 추천도서

35. 스쿠터 걸 이은 지음
질풍노도의 시기인 청소년기의 한복판에 서 있는 열다섯 살 중학생들을 본격적으로 등장시킴으로써 중학생들의 삶을 밀도 있게 그려 낸 청소년소설집.
★ 한국간행물윤리위원회 우수청소년저작 당선작 ★ 학교도서관저널 추천도서

36. 우리 반 인터넷 소설가 이금이 지음
거짓이 휘두르는 보이지 않는 폭력에 '진실'이 어떻게 왜곡되고 유배되는지를 청소년들의 생생한 세태 묘사와 치밀한 구성을 바탕으로 보여 준다.
★ 네이버 북리펀드 선정도서 ★ 학교도서관저널 추천도서 ★ 국립어린이청소년도서관 추천도서

37. 열네 살, 비밀과 거짓말 김진영 지음
습관적인 도둑질에 빠져들면서 비밀과 거짓말이 늘어나게 된 평범한 열네 살 소녀 하리가 다시 삶의 진실을 찾아가는 성장소설.
★ 한국간행물윤리위원회 청소년 권장도서 ★ 문화체육관광부 우수교양도서

38. 허황옥, 가야를 품다 김정 지음
먼 바다를 건너 가야로 온 인도 아유타국 공주 허황옥의 삶을 조명하면서, 철을 바탕으로 국제 무역의 중심지로 자리했던 가야의 역사를 생생히 전하는 역사소설이다.
★ 학교도서관저널 추천도서 ★ 대한출판문화협회 올해의 청소년도서

40. 그래도 괜찮아 안오일 지음
현실의 부정과 좌절에 길항하는 청소년들의 고민을 진정성 있게 담아낸 청소년시집. 청소년들이 지닌 '생기'를 유감없이 보여 주며 긍정과 희망의 메시지를 전한다.
★ 한국간행물윤리위원회 우수청소년저작 당선작 ★ 한국문화예술위원회 우수문학도서

42. 조생의 사랑 김현화 지음

조선시대를 배경으로 청년 '조생'이 청나라에 파견되는 연행사로 길을 떠나 사랑과 우정, 정의, 신념 등 삶의 진리를 깨달아 가는 과정을 그린 청소년 역사소설.
★ 서울시교육청 남산도서관 사서 추천도서 ★ 〈아침햇살〉 선정 좋은 청소년책

43. 아버지, 나의 아버지 최유정 지음

위탁가정에 맡겨진 열여섯 살 연수가 자신의 친아버지를 찾아 떠나는 여정을 통해 진정한 자아 정체성을 확립해 가는 과정을 밀도 있게 그렸다.
★ 한국문화예술위원회 우수문학도서 ★ 〈아침햇살〉 선정 좋은 청소년책

44. 타임 가디언 백은영 지음

타임 슬립이라는 장치를 통해 개인과 사회에서 일어나는 현실의 문제들을 조명하는 본격 청소년 SF소설. 시공간을 뛰어넘는 구성과 예측할 수 없는 독특한 상상력을 맛볼 수 있다.
★ 〈아침햇살〉 선정 좋은 청소년책

45. 분청, 꿈을 빚다 신현수 지음

고려 최고의 사기장의 아들인 강뫼가 왜구 침입과 왕조의 변혁 등 극한 시대 상황 속에서 분청사기를 만들기까지의 과정을 흡인력 있게 그린 역사소설.
★ 대한출판문화협회 올해의 청소년도서 ★ 아침독서 청소년 추천도서

47. 악어에게 물린 날 이장근 지음

현직 중학교 교사인 시인이 청소년과 함께 호흡하면서 체험한 담백하고 직설적인 언어가 공감을 불러온다. 청소년들 질풍노도가 마음껏 활개 칠 수 있도록 기운을 북돋는 청소년시집.
★ 책따세 추천도서 ★ 대한출판문화협회 올해의 청소년도서 ★ 어린이도서연구회 청소년 권장도서

48. 찢어, Jean 문부일 지음

아르바이트, 집단 따돌림 등 청소년들이 공감할 수 있는 일곱 편의 이야기가 담겼다. 현실에 갇혀 사는 청소년들의 일탈을 유쾌하면서도 진정성 있게 담았다.
★ 아침독서 청소년 추천도서 ★ 한국문화예술위원회 우수문학도서

50. 신기루 이금이 지음

엄마와 엄마 친구들과 함께 몽골 사막 여행을 떠난 열다섯 다인이가 보낸 6일간의 여정을 통해 또 다른 생명의 고리로 순환되는 모녀 관계에 대한 고찰을 여행기 형식으로 그렸다.
★ 네이버 북리펀드 선정도서 ★ 서울시립어린이도서관 추천도서 ★ 아침독서 청소년 추천도서

51. 우리들의 매미 같은 여름 한 결 지음

섭식장애를 앓고 있는 모녀, 성추행, 보이콧 등 청소년들이 겪는 지독하게 뜨겁고 아픈 이야기가 담겨 있다. 청소년들이 자신 그리고 세상과 화해하는 여정을 솔직담백하게 그렸다.
★ 한국문화예술위원회 우수문학도서 ★ 네이버 북리펀드 선정도서

52. 모래시계가 된 위안부 할머니 이규희 지음

일본군 위안부로 끌려가 꽃다운 처녀 시절을 유린당한 황금주 할머니의 실제 이야기를 김은비라는 소녀의 이야기와 엮어 액자 형식으로 쓴 소설로, 일본어로도 번역 출간되었다.
★ 국제펜문학상 수상작 ★ 학교도서관저널 추천도서 ★ 경기도교육청 추천도서

53. 까레이스키, 끝없는 방랑 문영숙 지음

소련의 강제 이주 정책으로 시베리아 횡단 열차를 탔던 17만여 명의 까레이스키들의 고난과 역경, 도전과 설움을 절절하게 그린 역사소설이다.
★ 한국문화예술위원회 우수문학도서 ★ 아침독서 청소년 추천도서 ★ 한우리가 선정한 좋은 책

54. 나는 랄라랜드로 간다 김영리 지음

기면증을 앓는 소년과 그의 가족이 게스트하우스를 사수하기 위해 펼치는 소동을 재기 발랄하게 그렸다. 절망 속에서도 웃으며 싸울 줄 아는 청춘의 싱그러운 맨얼굴이 돋보인다.
★ 제10회 푸른문학상 수상작 ★ 아침독서 청소년 추천도서 ★ 한국문화예술위원회 우수문학도서

56. 눈썹 천주하 지음

암에 걸려 1년 4개월 동안 치료를 받던 열일곱 살 소녀가 일상으로 돌아온 뒤의 이야기를 담고 있다. 가족과 친구, 일상이 얼마나 가치 있는 것인지를 새삼 깨우쳐 준다.
★ 국립어린이청소년도서관 사서 추천도서 ★ 한국문화예술위원회 우수문학도서 ★ 아침독서 추천도서

57. 나는 지금 꽃이다 이장근 지음

청소년들의 삶을 제대로 들여다보고 마음을 헤아리는 시 창작 과정을 통해 나온 본격적인 청소년을 위한 시로, 삶이 점점 피폐해지고 있는 청소년들의 마음을 어루만져 준다.
★ 문화체육관광부 우수교양도서 ★ 어린이도서연구회 청소년 권장도서 ★ 학교도서관저널 추천도서

58. 우리들의 사춘기 김인해 지음

겉으로 잘 드러나지 않는 소년들의 감성을 날카롭게 포착하여 진솔하고 강렬하게 그려낸 '소년들을 위한' 소설집. 표제작을 비롯한 여섯 편의 단편청소년소설을 담고 있다.
★ 국립어린이청소년도서관 사서 추천도서 ★ 한국문화예술위원회 우수문학도서

59. 여우 소녀 미랑 김자환 지음

조선시대 임진왜란 발발 즈음의 여수 지방을 배경으로, 구미호에게 아버지를 잃은 묘남과 구미호의 딸 여우 소녀 미랑의 애틋한 사랑 이야기를 담고 있다.
★ 새벗문학상 수상작가

60. 얼음이 빛나는 순간 이금이 지음

아이와 어른의 경계에서 몸살을 앓던 두 소년이 5년 뒤 전혀 다른 풍경을 띠게 된 각자의 삶을 응시한다. 우연으로 시작해 선택으로 이루어지는 인생의 내밀한 진실을 담았다.
★ 윤석중문학상 수상작가 ★ 학교도서관저널 추천도서

61. 택배 왔습니다 심은경 지음

질풍노도를 겪는 청소년과 그의 가족, 친구, 사회의 풍경을 그린 여섯 편의 단편청소년소설. 건강하게 자립하고 따뜻하게 소통할 줄 아는 인물들의 모습에서 희망을 엿볼 수 있다.
★ 한국문화예술위원회 우수문학도서 ★ 학교도서관저널 추천도서 ★ 아침독서 청소년 추천도서

63. 나에게 속삭여 봐 강숙인 지음

어느 날 갑자기 죽음을 맞이한 열일곱 살 소년 서준과 혼령의 기를 느끼는 소녀 아리 그리고 서준의 쌍둥이 여동생 유주가 각자의 방법으로 성장해 나가는 청소년 판타지소설.
★ 윤석중문학상 수상작가 ★ 학교도서관저널 추천도서

64. 아버지의 알통 박형권 지음

촌스러운 아빠와 바닷가 마을에 살게 되면서 정직하게 일하는 사람들을 만나며 한층 성장해 가는 주인공의 이야기가 유쾌한 감동을 선사한다.
★ 한국안데르센상 수상작가

65. 나는 나다 안오일 지음

청소년들에게 자신의 꿈이 무엇인지 알게 해 주어 스스로 자신의 삶에 당당하게 맞서는 모습을 보고 싶다는 작가의 바람을 담은 청소년시 57편이 실려 있다.
★ 제8회 푸른문학상 수상작가

66. 순희네 집 유순희 지음

순희네 집에 얽힌 가슴 아프지만 따뜻한 이야기와 성장통을 겪는 순희의 모습을 작가 특유의 섬세한 문장 안에 담아낸 자전적 소설이다.

★제14회 MBC 창작동화대상 수상작 ★제8회 푸른문학상 수상작가 ★한국출판문화산업진흥원 선정 세종도서

67. 첫 키스는 엘프와 최영희 지음

제11회 푸른문학상 수상작가의 첫 청소년소설집으로, 미래에 대한 압박감에 갇혀 십 대 시절을 보내는 오늘의 청소년들에게 부치는 편지 같은 소설 여섯 편을 묶었다.

★제11회 푸른문학상 수상작가 ★아침독서 청소년 추천도서 ★어린이도서연구회 청소년 권장도서

71. 우리는 가족일까 유니게 지음

5년 만에 엄마의 부고와 함께 미국에서 돌아온 동생으로 인해 방황하는 열일곱 살 소녀의 성장기를 그렸다. 고통스러운 시간을 함께 이겨 내는 가족의 소중함을 다시금 일깨워 준다.

★한국출판문화산업진흥원 선정 세종도서 ★서울시교육청 어린이도서관 청소년 권장도서

73. 신라 공주 파라랑 김 정 지음

고대 페르시아 서사시 『쿠쉬나메』의 시공간을 배경으로 한 역사소설. 낯선 이국 땅 페르시아로 건너가 사랑으로 고난을 극복하는 신라 공주 파라랑의 삶은 희망이라는 인간 본연의 메시지를 전한다.

★제1회 푸른문학상 수상작가 ★학교도서관저널 추천도서

74. 옥상에서 10분만 조규미 지음

제10회 푸른문학상 수상작가의 첫 청소년소설집으로, 관계 속에서 사소한 말이나 장난이 큰 사건이 되어 돌아왔을 때 겪게 되는 고민과 갈등을 섬세하게 다룬 소설 다섯 편을 묶었다.

★제10회 푸른문학상 수상작가 ★아침독서 청소년 추천도서 ★학교도서관사서협의회 추천도서

75. 별에서 별까지 신형건 지음

지난 30여 년간 아이들과 어른들 모두에게 사랑받는 동시를 써 온 시인의 작품 중 특별히 청소년들에게 공감을 살 만한 시들을 골라 엮었다. 자극적이지 않은 언어로 마음을 어루만지는 청소년시집.

★대한민국문학상 수상작가 ★한국출판문화산업진흥원 청소년 권장도서

76. 뱅뱅 김선경 지음

어른들은 몰라서 더 재미있는 진짜 우리 이야기, 지금 청소년들의 속마음을 거침없이 그려 낸 개성 강한 청소년시집. 긴 방황의 끝에서 진정한 자신을 찾기를 바라는 시인의 바람이 담겼다.

★어린이도서연구회 청소년 권장도서 ★아침독서 청소년 추천도서 ★학교도서관사서협의회 추천도서

77. 우리들의 실연 상담실 이수종 지음

실연 극복 프로젝트에 참가하는 다섯 명의 아이들이 서로를 보듬으며 사랑의 아픔을 극복하는 과정을 담았다. 청소년들의 마음결을 다독이는 위로의 목소리는 다시 사랑할 에너지를 불어넣는다.

★제12회 푸른문학상 수상작가 ★학교도서관사서협의회 추천도서

78. 연애 세포 핵분열 중 김은재 지음

꽃보다 아름다운 열일곱 살 청춘들이 진정한 사랑을 찾기 위해 나섰다. 아름다운 사랑을 꿈꾸지만, 사랑에 서툴러 좌충우돌, 고군분투하는 청소년들의 성장을 그린 여섯 편의 청소년소설을 한데 엮었다.

★제13회 푸른문학상 수상작가 ★학교도서관저널 추천도서 ★아침독서 청소년 추천도서

79. 데이트하자! 진 희 지음

옴니버스 형식으로 구성된 다섯 편의 단편으로 이야기의 구조적 완결성과 섬세한 심리 묘사가 뛰어나다. 청소년 특유의 발랄한 일상과 그 안에 깃든 고민, 성장통을 따뜻한 시선으로 담아냈다.

★제13회 푸른문학상 수상작가 ★학교도서관저널 추천도서 ★울산남부도서관 올해의 책

80. 세 번의 키스 유순희 지음

현대 미디어의 중심이 된 '아이돌'과 그들의 일거수일투족을 놓치지 않으려는 '사생팬'의 심리를 날카롭게 포착했다. 언제든 다시 출발선에 설 수 있는 청춘의 무한한 가능성을 깨닫게 한다.

★제8회 푸른문학상 수상작가　★국어 교과서 수록작가

81. 파란 담요 김정미 지음

「스키니진 길들이기」로 제12회 푸른문학상 '새로운 작가상'을 수상하며 깊은 인상을 남겼던 김정미 작가의 첫 청소년소설집. 청소년들의 다양한 고민들을 폭넓게 아우른 여섯 편의 소설이 그들의 상처입은 마음을 따스하게 위로한다.

★한국문화예술위원회 문학나눔 선정도서　★학교도서관저널 추천도서　★학교도서관사서협의회 추천도서

82. 그 애를 만나다 유니게 지음

완벽하다고 믿었던 일상이 한순간에 무너진 순간, '그 애'가 나타난다. 그 애와 함께하는 동안 자신이 진정으로 바라는 모습이 무엇인지 고민하며, 절망을 희망으로 바꾸어 나가는 주인공의 성장기가 진한 감동을 선사한다.

★아침독서 청소년 추천도서　★학교도서관저널 추천도서　★학교도서관사서협의회 추천도서

83. 너를 읽는 순간 진 희 지음

바쁜 현대의 삶 속에서 따뜻하게 보살핌받지 못하는 우리 청소년들의 아픔과 외로움을 고스란히 담았다. 주인공 '영서'를 향한 다섯 인물들의 연민과 동정, 질투나 죄책감 같은 본연의 감정들이 엇갈리듯 그려진다.

★한국문화예술위원회 문학나눔 선정도서　★대한출판문화협회 해외전파사업 선정도서

84. 기린이 사는 골목 김현화 지음

타인의 고통에 둔감한 현대인들의 마음속 순수의 세계를 밝혀 줄 이야기. 아픔과 슬픔을 공유하고 건강한 성장통을 앓는 열다섯 살 선웅, 은형, 기수의 가슴 따뜻한 이야기가 펼쳐진다.

★제5회 푸른문학상 수상작가　★아침독서 청소년 추천도서

85. 불량한 주스 가게 유하순 지음

엉뚱하고 변덕스러운 에너지가 넘치는 청소년들의 '오늘'을 포착했다. 무한대로 확장될 수 있는 경이로운 이야기를 품은 청소년들을 응원하게 만드는 다섯 편의 단편소설 모음.

★제9회 푸른문학상 수상작 수록

*〈푸른도서관〉 시리즈는 계속 나옵니다!